ŒUVRES
POSTHUMES
DE
Mr. ROUSSEAU,

Données au Public par M. P.
de Bruxelles.

A PARIS,

Chez PIERRE PRAULT, Quai de Gêvres,
au Paradis.

M. DCC. XLI.

Avec Approbation & Permission.

TABLE DES PIECES
contenuës dans ces Oeuvres posthumes.

L'Hymen de Pluton, Allégorie, page   5

Pluto, ou la Tendresse du Sang conciliée avec l'amour de la Patrie, Poëme historique,   10

L'Ombre d'Alexandre, Ode allégorique,   15

Lucréce, Elégie,   19

Eve sortant des mains du Créateur,   23

Stances à M. le M. de B.   27

La Colére, Ode,   30

Fin de la Table.

L'HYMEN DE PLUTON.

ALLEGORIE.

E'JA depuis mille ans le noir fils de
Saturne ,
Faché de régner seul dans l'empire noc-
turne ,
Briguoit auprès du Sort le doux titre d'époux ,
Et menaçoit les dieux de les enchaîner tous ,
Lorsqu'il vit Jupiter, environné des Graces ,
Dans les bras de Junon , rire de ses menaces.
Quoi ! Dit alors ce dieu, je fais trembler la Mort ,
Et je ne pourrai pas fléchir l'horreur du Sort ?
L'Amour brûle mon cœur ; & ces sombres contrées ,
Jamais des feux d'Hymen ne seront éclairées ?
Quoi ! Je verrai Momus , & les Jeux triomphans ,
Rire & se demander le nom de mes enfans ?

A iij

Pluton , dieu des enfers , que fert-il de fe plaindre ?
Efcalade l'Olympe , & va t'y faire craindre.
  Le Temps avec fa faux abattra fes remparts.
La redoutable Mort te répondra de Mars ;
La valeur de Bacchus. L'affreufe Tifiphone ,
Oppofera fa torche au flambeau de Bellone.
Mégére enchaînera l'orgueilleufe Junon.
Minerve va périr dans les bras d'Alecton.
Oui , tu peux triompher ; les enfans de la Terre
Te livreront captif le maître du Tonnerre.
Plus le péril eft grand , plus le triomphe eft beau ;
Le Ciel fera leur trône , & l'Enfer leur tombeau.
Il dit , & de fon char dont la Mort eft le guide ,
Ce dieu , que tout irrite , appelle une Eumenide.
La guerre eft réfolue , & je vais dans les cieux
Enlever une époufe & détrôner les dieux.
Un miniftre fidéle entend tout d'un feul gefte.
Pluton dit. La Furie a deviné le refte.
  Du Tartare à l'inftant les gouffres font ouverts.
Les Titans déchaînés courent dans les enfers.
Déjà de fes cent mains j'apperçois Briarée
Sur fa bafe éternelle ébranler l'empirée.
Gigés à fes côtés fait entendre cent voix ;
Et brave les cent dieux qu'il fuyoit autrefois.
Le fier Porphirion que Minos accompagne ,
Se promet d'entaffer montagne fur montagne.

Typhée en blafphêmant jure à l'affreux Rhetus ;
Que dans le premier choc les dieux feront battus.
Le refte des Titans, moins fameux dans la guerre,
Derriere ce héros s'affemble & fe refferre.
     D'horreur à leur afpect le Stix a reculé.
Trois fois en un moment le Cerbere a hurlé,
Les phantômes hideux, errant dans les ténébres,
Répondent à ces cris par des cris plus funébres.
Mégére les raffemble & veut que fon flambeau,
Dans l'horreur du combat leur ferve de drapeau.
La Pâleur & l'Effroi font le corps de réferve.
L'Univers va périr, fans l'appui de Minerve.
Mais non, ne craignons rien. Ce meffager ailé,
Mercure ce dieu prompt, ce miniftre zélé,
Qui prefque à chaque inftant va fur les rives fombres,
Remettre au vieux nocher les gémiffantes ombres,
Mercure a vû l'Enfer s'armer contre les Cieux,
Et s'eft fait un honneur d'en informer les dieux.
Auffi-tôt leur fénat confulte & fe partage.
Leur prince les écoute, & péfe leur fuffrage.
Mars opine à la guerre, & Minerve à la paix.
La paix eft préférable aux plus brillans fuccès.
Jupiter à la paix les oblige à foufcrire ;
Et Mercure l'annonce au roi du trifte empire.
» Renvoyez les Titans, défarmez Alecton,
» Jupiter reconnoît un frere dans Pluton.

A iiij

» Vous voulez que le dieu de la foi conjugale
» Allume dans l'enfer fa torche nuptiale ;
» La fille de Cerès , Proferpine eft à vous.
» L'arbitre fouverain vous nomme fon époux.
» Contre des dieux rivaux , aux plaines de Sicile ,
» Cerès a prétendu lui donner un afyle.
» Allez , à vos courfiers prodiguez le nectar ,
» Et laiffez au Deftin le foin de votre char.
Pluton , fans dire mot , déride fon vifage ,
Et daigne d'un regard approuver ce meffage.
L'envoyé de l'Olympe auffi-tôt fend les airs ,
Mercure eft dans les cieux , Pluton fort des enfers.
Pluton eft en Sicile , il a joint Proferpine ;
Elle invoque Cerès , il invoque Lucine.
» Confole-toi , dit-il , ton fort n'eft que trop doux ;
» L'Enfer eft ton empire , & fon dieu ton époux.
Il dit , & dans l'averne il rentre avec fa Fée ,
Par l'antre ténébreux où refpire Typhée.
   Cependant les guerriers de l'empire des morts
En ordre de bataille auprès des fombres bords ,
Attendoient que le dieu de la noire contrée
Ouvrît à leur valeur les champs de l'empirée.
Quelle fut leur furprife en voyant les attraits
Qu'offrit à leurs regards la fille de Cerès !
Les rebelles Titans adorerent fes charmes.
Tifiphone éteignit fa torche dans fes larmes.

Ixion la fixa d'un regard amoureux.
L'intraitable Minos paroît moins rigoureux,
Et souffre que les morts, partageant l'allégresse,
Prennent part à l'hymen de leur jeune déesse.
Sur sa rouë agitée Ixion s'arrêta.
On vit danser Titie, & Phlegias chanta.
Affamé d'un vil fruit, épris de l'onde noire,
Tantale se hâta de manger & de boire.
Et Sisyphe croyoit se reposer toujours.
Les plaisirs des méchans sont des plaisirs bien courts.
A peine du vautour cessant d'être la proye,
Titie avoit osé se livrer à la joye,
Quand par le bruit affreux de ses chaînes de fer,
Mégére dans l'horreur replonge tout l'Enfer.

PLUTO,

OU

LA TENDRESSE DU SANG
conciliée avec l'amour de la Patrie.

POEME HISTORIQUE.

AVERTISSEMENT.

LEs Romains refusérent aux habitans de Pinna le titre de citoyens de Rome ; ce refus alluma une guerre sanglante entre ces deux peuples jusqu'alors alliés. Silla, nommé par le Sénat pour soumettre ces ambitieux, met le siége devant leur ville, & fait prisonnier dans une sortie le pere d'un certain Pulto ou Pluto, jeune homme qui joignoit à une taille des plus avantageuses une force extraordinaire, & une valeur héroïque. Le Général Romain rebuté d'un siége qui traînoit en longueur, fait conduire son captif près de la porte confiée à la valeur de Pluto : Cedez votre porte, dit le Romain, ou votre pere va être immolé sous vos yeux. Que fera Pluto ? Sera-t-il citoyen fidéle, & fils dénaturé ? Sera-t-il fils généreux, & citoyen perfide ? Il sera héros. Vous le verrez se déterminer à une action, qui sans blesser les droits de la nature, satisfait aux droits de sa patrie. *Valere Maxime, liv. 5.*

P O E M E.

JE chante ce héros que l'odieux Sylla
Dévouoit à la honte & de gloire combla ;
Il lui laiſſoit le choix d'être enfant parricide,
Ou guerrier ſans honneur, & citoyen perfide.
Mais du cruel Romain ce héros triomphant,
Fut & bon citoyen & généreux enfant.
Favorable à mes vœux, déeſſe de Mémoire,
Viens m'apprendre ſon nom & relever ſa gloire.
Viens... C'en eſt fait, Pluto triomphe de l'oubli ;
Où les faſtes romains l'ont preſque enſeveli.
   Surchargé des lauriers qu'il cueillit ſur l'Euphrate,
Sylla, le fier Sylla, vainqueur de Mithridate,
Dans le char de triomphe alloit ſe délaſſer,
Quand le Sénat craintif, courant pour l'embraſſer,
Lui remet le flambeau de la guerre civile,
Et lui livre Pinna cette orgueilleuſe ville,
Dont l'altier habitant, les armes à la main,
Briguoit l'illuſtre nom de Citoyen Romain.
Sylla part ; ſur ſes pas l'Aigle romaine vole,
Et lance ſur Pinna les feux du Capitole.
Déjà mille guerriers, victimes des revers,
Expirent ſous le glaive ou tombent dans les fers.
O toi, fils courageux d'un pere magnanime !
Intrépide guerrier que le péril ranime,

Pluto ! Toi, que l'hiſtoire a dépeint à nos yeux
Des couleurs dont la fable a peint les demi-dieux.
Ton œil cherche ton pere ... Un cruel eſclavage
Eſt dans le camp Romain le prix de ſon courage.
Arrête ... Il n'eſt pas temps encor de le venger.
Plus de gloire t'attend avec plus de danger.
Par ſon obéiſſance un héros ſe ſignale.
Diſpute à l'ennemi cette porte fatale,
Dont ta ſage patrie en ce dernier malheur,
N'a daigné confier le ſoin qu'à ta valeur.
Ciel ! Que vois-je ? A l'aſpect de ce nouvel Hercule,
L'intrépide Romain s'épouvante & recule !
Leur chef même, Sylla commence à s'alarmer,
Et d'un lâche artifice eſt contraint de s'armer.
» Oui, dit-il, employons un noble ſtratagême ;
» N'oppoſons au héros, que le héros lui-même.
» Sa tendreſſe en ce jour doit lui faire la loi.
» Pluto ſeul peut ſe vaincre, & triompher pour moi.
A ces mots le Romain prend un cœur tout barbare.
Dans ſes yeux égarés ſa fureur ſe déclare.
Soldats, vous entendez un arrêt inhumain,
Trop digne d'un tyran, peu digne d'un Romain.
Les Licteurs attendris écoutent la ſentence,
Et leur timide bras s'apprête à la vengeance.
    Cependant le héros, ſur le rempart placé,
Inſulte à l'ennemi que la crainte a glacé.

Et tirant du carquois la fléche redoutable;
Il cherche dans la foule un Romain indomptable;
Qui contre un tel rival ofant fe mefurer,
D'un trait fi glorieux mérite d'expirer.
Hélas ! Quel trifte objet pour un fils fi fenfible !
Quel furcroît de fureur pour ce héros terrible !
Il attend un rival, & découvre un captif,
Qui de loin vers les murs pouffe un foupir plaintif.
Le poignard à la main, les Licteurs le précedent,
Et d'indignes guerriers tour-à-tour fe fuccédent,
Qui lui montrant leur front plus craint que le trépas,
Lui font, malgré fes fers, précipiter fes pas.
Ils s'arrêtent non loin du pofte impénétrable,
Dont le brave Pluto rend l'accès redoutable ;
Et le fer à la main, croyant l'intimider :
» Vil efclave de Rome, il eft temps de céder ;
» Ou nous allons punir un refus téméraire,
» En jettant à tes pieds la tête de ton pere.
Ils menacent. Pluto regarde de plus près,
Cherche, en tremblant, fon pere, & reconnoît fes
      traits.
Un hérault cependant ordonne qu'il prononce;
Et les Licteurs armés attendent fa réponfe.
      Juftes dieux ! Quel parti choifira fa vertu ?
Où verrons-nous pancher un cœur fi combattu ?
La patrie a déjà, par un affreux murmure,
Aux yeux du citoyen condamné la nature.

La nature à fon tour, jaloufe de fes droits ;
Au tribunal d'un fils doit fuivre d'autres loix.
Entre la perfidie & le noir parricide,
Que voulez-vous, ô dieux ! que ce grand cœur dé-
cide ?
Pour la premiére fois je l'entens qui gémit.
L'homme fe trouble en lui, mais le héros frémit.
Immoler la nature aux loix de la patrie !
C'eft, dit-il, un éclat dont ta gloire eft flétrie ;
C'eft par le forfait même expier le forfait,
Et faire, fans honneur, ce que d'autres ont fait.
Par un double triomphe éternife ta gloire.
Qu'un feul combat te donne une double victoire.
Un grand cœur eft lui feul digne d'un grand fuccès.
La gloire aux vrais héros eft d'un facile accès.
Il dit, fe précipite, & par fon pere il jure.
Que ne peut l'héroïfme aidé par la nature ?
Pour premiére victime il choifit les bourreaux,
Et rougit de leur fang leur hache & les faifceaux.
Oui, fans doute, Pluto vaut lui feul une armée.
Par ce premier fuccès fa valeur ranimée
Fait mordre la pouffiére aux plus braves Romains,
Ou tomber de frayeur le glaive de leurs mains.
O ciel ! Eft-ce un guerrier ? Eft-ce Mars qui les frape ?
Où fuyez-vous, Romains ? Le captif vous échape.
J'entens déjà les cris de fés concitoyens ;
Je le vois, on l'embraffe, on brife fes liens.

Pour un fils qui combat, qu'un pere fent d'alarmes !
A peine libre encor, fa main reprend les armes ;
Il vole vers fon fils…. Heureux pere ! arrêtez,
Dit Pluto, nos Latins ne font plus infultés.
J'ai feul, fans le fecours d'une main étrangére,
Confervé ma patrie, & délivré mon pére.

L'OMBRE D'ALEXANDRE,

ODE ALLEGORIQUE.

L'OMBRE.

VIEUX Nocher des fombres marais,
Caron, hâte-toi de me prendre ;
Sous fa couronne de Cyprès,
Refpecte l'Ombre d'Alexandre.
La Terre eft déjà dans mes fers.
Je viens fubjuguer les Enfers.
Voguons, traverfons l'onde noire.
Hé quoi ! Je ne vois fur fes bords,
Que les lâches Ombres des morts ?
N'importe. Hâte-toi. Je cours à la victoire.

CARON.

O fils de Jupiter Hamnon !
Ou plûtôt, ô fils de Philippe !

La Gréce a fait voler ton nom
Sur la fontaine d'Aganippe.
L'Univers s'eſt tû devant toi ;
Tes caprices furent ſa loi.
Oui. Mais ne crois plus, Ombre vaine,
Dans l'Enfer cueillir des lauriers.
Sache que les plus grands guerriers,
Sont ici, quelquefois, moins grands que Diogéne.

L'OMBRE.

Moi, que l'on ne fût qu'adorer,
Roi de l'Aſie & de l'Europe ;
Moi, je me verrois comparer
Au Philoſophe de Synope ?
Je ſuis Alexandre le Grand.
Je ſuis mort ; je fûs conquérant.
Dans l'Enfer je daigne déſcendre,
Moins en ombre qu'en ſouverain.
Pluton ſera mon ſuſerain.
Oui, Nocher, je ſuis mort ; mais je ſuis Alexandre.

CARON.

N'APERÇOIS-TU pas, inſenſé,
Que la main de l'affreuſe Parque,
Qu'Atropos ne t'a rien laiſſé ?
Et, qu'en déſcendant de ma barque,
Tu paroîtras au tribunal
Où Minos, ce juge infernal,

Chef

Chef du Sénat le plus févére,
Minos foumet aux mêmes loix,
Les vils efclaves & les rois,
Les méne aux champs heureux, où les livre à Mégére.

L'OMBRE.

Mon cœur me refte ; c'eft affez :
Je viens régner dans cet empire ;
Et veux que mes vices paffés
Soient des vertus que l'on admire.
Jadis je fis périr Clitus ;
Il ofoit péfer mes vertus.
Si ton juge prend la balance,
S'il ofe y péfer un héros,
Caron ; tu verras ce Minos
Reffentir à fon tour les traits de ma vengeance.

CARON.

Monarque, efclave de Pluton,
Va , tu changeras de langage,
Quand tes yeux verront Alecton,
Qui veille en ce fombre rivage.
Ajax la vit ; il tremble encor.
Pâris la craint auprès d'Hector.
Elle eft pire que les Chiméres.
L'un flambeau toujours allumé,
Son bras fanguinaire eft armé ;
Et fon front monftrueux eft orné de vipéres.

B

L'OMBRE.

O Monſtre, digne d'un grand cœur !
Ta honte ennoblira ma gloire.
Les morts chanteront ton vaiqueur,
Et me mettront dans leur hiſtoire.
Enfin, j'ai paſſé l'Achéron.
Différe ton retour, Caron ;
Admire un moment mon courage,
A la lueur de ſon flambeau,
Je l'ai vû, ce rival nouveau,
Et vais, par ma valeur, triompher de ſa rage.

CARON.

Non, non, tu n'as plus chez les Morts
Cette épouvantable phalange,
Qui t'accompagna juſqu'aux bords
Où ſe briſent les flots du Gange.
L'orgueil eſt un foible ſoutien ;
Le grand Alexandre n'eſt rien.
On punira cette arrogance
Que tu traînes dans les Enfers.
Alexandre, chargé de fers,
Alexandre tremblant, entendra ſa ſentence.

L'OMBRE.

Pourquoi le ſort capricieux
A-t-il, ô Nocher mépriſable !
Sû te placer au rang des Dieux ?

Ma main ... Ah, quel cri redoutable !

Quels sont ces serpens que je vois ?

Un roi, chez Pluton, n'est plus roi.

Filles de la nuit éternelle,

J'irai par tout où vous voudrez.

O Serpens, qui me déchirez,

Aux ordres de Minos, je ne suis plus rebelle.

L U C R E C E,

E L E' G I E.

EH ! Quoi, j'ai pû trahir un époux que j'adore ?
J'ai reçû dans mes bras un amant que j'abhorre !
O honte ! Mais que fais-je ? Et pourquoi soupirer ?
Il s'agit de mourir, & non pas de pleurer.
Est-ce donc dans les pleurs qu'on lave un adultére ?
Le sang seul peut laver un crime volontaire.
Oui, c'est à ma vertu qu'il me faut recourir :
Lucrece désormais doit apprendre à mourir.
Mon époux va paroître, ah, fatale entrevûë !
A son premier regard je serai confonduë.
La honte sur le front, & l'effroi dans le cœur,
Perfide ! Oseras-tu répondre à son ardeur ?

Dans mes yeux interdits , dans ma sombre tristesse ;
Un chaste époux lira sa honte & ma foiblesse.
Ah ! Quand même mon front sauroit se déguiser,
Cher époux ! Mon amour ne veut pas t'abuser.
Oui , lorsque nous jouant par quelque adroit men-
　　songe,
Les folles passions ne nous troublent qu'en songe ;
Et que le doux sommeil répandant ses pavots ,
Captive la nature , & la livre au repos,
Des sons interrompus ont frappé mon oreille ,
Ma pudeur à ce bruit s'allarme & se réveille ;
Cher époux ! J'en atteste & les dieux , & ta foi ,
Chaste même en dormant je ne songeois qu'à toi.
Cher époux ! Je croyois te parler & t'entendre
Près d'Astrée avec toi combattre & te défendre.
Lorsqu'hélas ! Un amant , un perfide assassin ,
Son amour dans le cœur , son poignard sur mon
　　sein ...
Dieu d'Hymen , que toujours je respectai sans feinte ,
Tu sais de quel effroi Lucréce fut atteinte.
Tu vis couler mes pleurs , tu m'entendis gémir ;
Tu vis l'amant trompé s'allarmer & frémir.
Ah ! J'eus seule à combattre un homme , un adultére.
Je fis dans ce moment tout ce que je pûs faire.
Les soupirs dans le cœur , les larmes dans les yeux,
J'invoquai , mais en vain , les hommes & les Dieux.

J'ose lui reprocher sa cruelle tendresse ;
Et l'opprobre éternel qu'il prépare à Lucréce.
    Arrête, me dit-il, & ne me parle plus.
Contre les traits d'amour les cris sont superflus.
Ah ! Peut-être tu crois qu'un avenir fidéle
Prépare à ta constance une gloire éternelle,
Et que, pour ton époux, prodigue de ton sang,
Tu vas près de l'Hymen tenir le premier rang.
Cesse de te nourrir d'une vaine espérance.
Je vais sur ton renom étendre ma vengeance.
Un esclave charmant, égorgé près de toi,
Fera taire mon crime, & soupçonner ta foi.
Ainsi cette pudeur, dont ton cœur se fait gloire,
Du plus honteux éclat ternira ta mémoire.
Je l'avoue, à ces mots mon esprit combattu,
Me fit à mon honneur immoler ma vertu ;
Et par là, j'aimai mieux être en effet infâme,
Que d'en prendre le nom, en rejettant ta flamme.
Cher époux ! Dieu d'Hymen ! j'ai pû vous outrager ;
J'ai violé vos droits, mais je vais les venger.
Ma couche de mes pleurs vainement arrosée,
Et mes tristes sanglots ne m'ont pas excusée.
Je le sais, j'en conviens, le crime que j'ai fait
S'est toujours, à mes yeux, offert comme un forfait :
Je veux le dévoiler aux yeux de tous mes proches ;
Moi-méme, ils me verront, m'accablant de reproches,

Etouffer dans mon fang l'hymen & fon flambeau
Qu'un long âge devoit n'éteindre qu'au tombeau.
  Non des chaftes époux la déeffe adorée,
Ne me ceignit jamais la ceinture facrée :
Non, fans doute, l'Hymen, l'Hymen, ce Dieu jaloux,
Ne mit pas dans ma main , la main de mon époux.
La noire Tifiphone , à fa torche infernale ,
Alluma dans ma main la torche nuptiale.
La perfide Alecto , par fon foufle empefté ,
Même de mes fermens bannit la pureté.
Mégére , enfin , Mégére , aidant leur artifice ,
Déguifée en prêtreffe , offrit le facrifice ;
Et , fixant fur moi feule un œil inceftueux ,
Convertit en fureur un amour vertueux.
  Que dis-tu ? Quel preftige , infidelle Lucréce ,
Te fait fur tout l'Enfer rejetter ta foibleffe ,
Et répandre des pleurs , pour laver un affront
Que ta lâcheté feule a gravé fur ton front !
Hélas ! Si ta vertu veut expier ce crime ,
Prens pour bourreau ta main , & ton cœur pour vic-
    time.
Oui, oui, de ce poignard armons donc notre bras.
Fidéle époux ! Et vous , témoins de mon trépas ,
Dieux que le ciel adore , & que craint le Tenare !
Oubliez le forfait que ma vertu répare.
Mon fang coule ; la nuit couvre mes yeux mourans,
Je vous venge de moi , vengez-moi des tyrans.

ÈVE,

Sortant des mains du Créateur.

IDILLE.

O monts délicieux ! agréable fontaine
Dont le tribut liquide enrichit cette plaine !
Et toi qui m'éblouis, ô Soleil bienfaisant !
Astre éloigné de nous, & pourtant si présent !
Dites-moi qui je suis, & quel objet propice
Mérite de mon cœur le premier sacrifice ?
Quelle main du néant a sû me retirer,
Et de tant de bienfaits a voulu me parer ?
Je vois bien des beautés, mais rien ne me ressemble.
Vous, dont auprès de moi la troupe se rassemble ;
Volages habitans de l'empire des airs,
Fixez-vous un moment, & que vos doux concerts
Nomment le Créateur à qui je dois la vie ;
Vous étes mes sujets, je dois être obéïe ;
Venez, approchez-vous, & ne me craignez pas.
Ils chantent mon pouvoir, ils chantent mes appas ;
A répondre à ma voix je ne puis les réduire ?
Ils font faits pour me plaire, & non pas pour m'ins-
    truire.

Je ne vois donc que moi que je puiſſe écouter.
Ecoutons . . . Mais, comment dois-je me conſulter ?
Oui, ſans doute, il eſt vrai, je vis puiſque je penſe.
Mais quel Eſtre éternel m'a donné l'exiſtence ?
Comment, dans le néant, ai-je pû le charmer ?
Par quel excès d'amour a-t-il voulu m'aimer ?
Je parle ! je m'entens ! je penſe ! je raiſonne !
Je vois & je connois tout ce qui m'environne !
Se peut-il que l'Objet, de qui j'ai tout reçû,
Soit le ſeul que je cherche, & n'ai point aperçû ?
Mon œil ne te voit pas, mais mon eſprit t'adore,
O toi, qui, par un art, que mon eſprit ignore,
Et dont mon ame en vain chercheroit les reſſorts,
A mon ame inviſible as réuni mon corps !
   Mais qui ſuis-je ? Et d'où viens-je ? Où dois-je en-
      cor me rendre ?
A quel nouveau bonheur mon cœur doit-il prétendre ?
Suis-je le ſeul objet, dans ce riche horiſon,
Qui marche à la faveur du jour de la raiſon ?
Mes yeux me trompent-ils ? Non, je ſuis exaucée.
Quelqu'autre dans ces lieux m'a déja dévancée :
J'aperçois d'un humain les veſtiges récens ! . . .
Puiſſe-t-il reſſentir les feux que je reſſens !
Oui, ſes piéds ont foulé la riante parure,
Que ce gaſon naiſſant devoit à la Nature.
Ah ! Je n'aperçois plus les traces de ſes pas !
Pour l'attirer vers moi, que n'ai-je aſſez d'appas !

Cet

Cet objet me plairoit, cet objet me méprise,
Peut-être son esprit médite une surprise?
Peut-être, se flattant que j'irai le chercher,
Dans le sein de ces eaux il feint de se cacher.
Hé bien, approchons-nous de cette onde liquide;
Voyons, examinons. Je vois un autre vuide.
Un nouvel astre éclaire un firmament nouveau.
Des cédres renversés m'offrent un grand berceau
Oui, mon œil est fidéle, & ne m'a pas trompée;
Je les découvre encor, leur tige entrecoupée,
Qui sous leurs trôncs fleuris, s'abaisse à tout mo-
    ment,
Semble croître, & tomber vers l'autre firmament!
Cher objet que je cherche, hélas! sans te connoître,
Aux yeux de ton amante il est temps de paroître.
Puisqu'un secret instinct me fait aller vers toi,
Devrois-tu t'écarter? ou t'approcher de moi?
Ma voix a retenti dans sa grote profonde;
Je le vois! Il paroît! Il sort du fond de l'onde!
Le plaisir de me voir éclatte sur son front...
Hélas! D'où peut venir un changement si prompt?
J'ai voulu l'embrasser, soudain il se retire.
Ah! Du moins, un moment, viens encor me sourire.
Mon cœur a ressenti les traits de ta beauté,
Et peut-être mes traits ne t'ont pas rebuté.
Je t'appelle, reviens. Ah! Je le vois encore.
Laisse-moi contempler des attraits que j'adore,

Regarde-moi.   Tes yeux s'arrêtent fur mes yeux.
Trouves-tu dans mes traits quelque trait gracieux ?
Je ris, & tu me ris! J'avance, & tu t'avances!
Sans t'entendre parler, je fai ce que tu penfes.
Ton filence pourtant commence à me laffer.
Parle . . . Encor tu t'enfuis quand je veux t'embraffer!
Cruel, & cher objet, ô, beauté trop aimable!
Le feu de ton amour eft un feu peu durable.
Si ton cœur eft glacé, devoit-il m'enflammer ?
Quand un objet fait plaire, il doit favoir aimer.
Ne me fuis plus, ou crains que mon ame indignée
Ne fache te punir de m'avoir dédaignée.
Je le revois! Il craint! Non, non, il ne craint pas;
Quand j'ai levé mon bras, il a levé fon bras!
Et, lorfque fur fon front je fixe un œil févére,
Il fixe fur moi-même un regard plus auftére !
Quand mon cœur s'eft calmé, fon cœur s'eft radouci;
Et, tout ce que j'ai fait, il le faifoit auffi.
Mais!, quelle eft mon erreur... C'eft mon ombre que
    j'aime.?
Imprudente ! J'étois l'amante de moi-même.
C'eft pour un autre objet que mon cœur doit brûler.
Appellons cet objet. De quel nom l'appeller ?
Cherchons-le. Mais, ô ciel! où chercher un volage?
Du fuccès de mes foins, j'ai fes traces pour gage.
Il a foulé ces fleurs; & peut-être fa main,
Pour me faire un préfent, a coupé ce Jafmin.

Me plaindrai-je long-temps d'une fi trifte abfence ?
Tout femble dans ces lieux m'annoncer fa préfence.
Sans doute, peu content de cet heureux féjour,
Tandis que je le cherche, il me cherche à fon tour.

STANCES
A M. LE M. DE B.

EN m'annonçant que ma jeuneffe
De ma difgrace étoit auteur,
Une parole enchantereffe
Te déclara mon protecteur.

CE difcours, dont ta bienveillance
Me fit entendre les accens
De la plus flatteufe efpérance,
Tout à coup enyvra mes fens.

LA plus belle de mes journées,
Eft celle où ton cœur généreux
Voulut marquer mes deftinées
Du préfage le plus heureux.

Non que mon ardeur importune,
Flattant mes vœux & mon espoir,
Vole au Temple de la Fortune
Sur les aîles de ton pouvoir.

De tes vertus la douce amorce
Rend seule mes vœux satisfaits ;
Elle a sur moi bien plus de force
Que le plus grand de tes bienfaits.

Dédaignant la pompe stérile
De ces Mécènes orgueilleux,
Dont il faut, d'une voix servile,
Charmer le faste sourcilleux.

Comme aux jours les plus beaux d'Astrée,
Dans une aimable liberté
Tu montres la vertu parée
Des attraits de la volupté.

Ami loyal, parfait Mécéne,
Homme d'Etat, homme de Cour,
Par tout où le loisir t'améne,
Les agrémens font leur séjour.

DIEU de la bonne compagnie,
Arbitre des Ris & des Jeux,
Chéri du Goût & du Génie,
Ta préfence fait des heureux.

TOUJOURS dans ces cercles d'élite,
Où l'enjoüment conduit les Ris,
Tu viens trop tard, tu pars trop vîte;
L'on te retrouve en tes écrits.

PAR un tel Mécéne enchantée,
Malgré l'écueil de mes projets,
Mon efpérance rebutée
Ne me coute point de regrets.

L'HEUREUX mortel qu'on me préfére,
S'il y parvient fans ton appui,
Dans fon fort n'a rien qui m'altére,
J'ai beaucoup plus gagné que lui.

JE n'afpirois qu'à ton fuffrage,
Seul bien dont mon cœur fut épris.
Si pour nul autre on ne t'engage,
Je crois avoir gagné le prix.

LES feuls lauriers que le goût donne ,
Ne font pas des triomphes vains ;
Et je méprife une couronne
Qui n'a pas paffé par tes mains.

VEUX-TU favoir ce qui me touche
Dans ce fouvenir enchanteur ?
Mon nom eft forti de ta bouche :
Voilà pour moi l'endroit flatteur.

LA COLERE,

ODE.

MUSE ! Quel humain intrépide ,
Quel dieu terraffa fous fes coups
Un monftre dont le fier Alcide
Eprouva le fatal couroux ?
Digne rivale d'elle-même,
La Colére fanglante & blême ,
Perça-t-elle fon propre cœur ?
Oui , mortels , ce monftre indomptable
Fut à foi-même infuportable ,
Fut fon rival & fon vainqueur.

DEPUIS long-temps la Patience
Soutenoit de rudes affauts,
Et fourioit à l'Indigence
Qui l'expofoit à tous les maux.
L'Orgueil, inquiet & rebelle,
L'Orgueil frémiffoit autour d'elle.
La Patience l'aperçut
Sur un Ennemi fi funefte,
Elle fixa fon œil modefte ;
L'Orgueil craignit & difparut.

QUEL fpectacle pour la Colére !
Elle pouffe un foupir profond.
Soudain elle invoque Mégére ;
Ses yeux s'enflamment fur fon front ;
Une écume noire & fanglante
Sort de fa bouche étincelante.
O ciel ! Sur fes poils hériffés,
Tous les monftres du noir Cocyte ,
Mégére & toute fon élite ,
Mille Serpens fe font dreffés.

UNE torche noire enflammée,
Que tient fon bras enfanglanté,
Joint la flamme avec la fumée
Qu'exhale fon foufle empefté

Le feu qui l'éclaire, l'étonne.
Elle pâlit, elle friſſonne
Contre ſon cœur ſéditieux :
Elle éteint ce feu qui l'éclaire.
Sa main s'arme d'une vipére,
Et ſa bouche maudit les dieux.

Tu crois me bannir de la terre,
Èt du ſort braver les revers ;
D'un regard, tu nous fais la guerre,
Dit-elle, & tu briſes nos fers.
Non, orgueilleuſe Patience,
Tu te ſouſtrais à ma puiſſance ;
Mais bien-tôt tu vas l'adorer.
Viens des antres de l'Hicarnie,
Déeſſe de la Calomnie,
Viens m'aider à la dévorer.

O monſtre ſorti du Tenare,
Monſtre ennemi de la Raiſon !
O Colére toujours barbare !
Pourquoi ce fer & ce poiſon ?
Ce fer eſt ta fléche fatale,
Hélas ! Hé, que fait ta rivale ?
Mais pourquoi vouloir te calmer ?
Lance la fléche redoutable.

Quoi, ta rivale imperturbable
Reçoit ces traits sans s'alarmer?

AVEC quel œil d'indifférence
Elle semble les accueillir ?
Sur la Colére qui les lance,
Je vois tous ces traits rejaillir.
Dans ses yeux la rage étincelle ;
C'est son propre sang qui ruisselle :
Est-ce là ce noble succès
Dont ta fureur t'avoit flattée ?
Colére, long-temps redoutée,
Ton cœur est le but de tes traits.

ELLE s'arme du fer perfide,
Que je vois pendre à son côté ;
Du sang d'un rival intrépide,
Il est prêt d'être ensanglanté.
Bien-tôt elle court, elle vole.
Hélas ! la Colére t'immole,
Chaste fille de la Douceur.
Dieux terribles, Dieux de vengeance,
Quoi ! Parmi vous la Patience
Ne trouve pas un défenseur ?

ARRESTE, ô Furie exécrable !
Une cuirasse, à triple airain,

Rend ta rivale invulnérable ,
Et devroit te servir de frein :
Mais de fang toujours altérée ,
Elle veut en être enyvrée.
Sa main perce fon propre flanc ;
Trifte fuccès de la Colére.
O . ciel ! Elle fe défaltére
En buvant les flots de fon fang.